幼兒全語文 階梯故事 系列

U0114816

你要喝什麼？

袁妙霞　著
野人　繪

園丁文化

朋友來探望青蛙，他先請客人坐下。
青蛙問：「你們要喝點什麼？」

松鼠說：「我要喝白色的飲料。」

兔子說：「我要喝黑色的飲料。」

烏鴉說：「我要喝橙色的飲料。」

小蛇說：「我要喝紫色的飲料。」

青蛙拿出一杯牛奶、一杯汽水、一
杯橙汁、一杯葡萄汁和一杯水。

青蛙說：「我要喝無色的飲料。」

導讀活動

提問

進行方法：

❶ 讀故事前，請伴讀者把故事先看一遍。
❷ 引導孩子觀察圖畫，透過提問和孩子本身的生活經驗，幫助孩子猜測故事的發展和結局。
❸ 利用重複句式的特點，引導孩子閱讀故事及猜測情節。如有需要，伴讀者可以給予協助。
❹ 最後，請孩子把故事從頭到尾讀一遍。

封面
1. 客人來了，青蛙拿出什麼來招呼朋友？如果你家裏有多種飲料，為客人送上飲料前，你會怎樣問客人呢？
2. 請把書名讀一遍。

P2
1. 有多少位客人來探望青蛙？
2. 青蛙請客人坐下後，你猜他接着會問客人什麼？

P3
1. 松鼠穿着什麼顏色的衣服？
2. 你猜他想喝什麼顏色的飲料？

P4
1. 兔子穿着什麼顏色的衣服？
2. 你猜他想喝什麼顏色的飲料？

P5
1. 烏鴉穿着什麼顏色的衣服？
2. 你猜他想喝什麼顏色的飲料？

P6
1. 小蛇穿着什麼顏色的衣服？
2. 你猜他想喝什麼顏色的飲料？

P7
1. 朋友只有四位，為什麼青蛙拿出五杯飲料呢？
2. 你能猜出哪杯飲料是哪位朋友的嗎？那些是什麼飲料呢？

P8
1. 你猜對了嗎？
2. 青蛙要喝什麼飲料？那是什麼顏色的？

知識點

水在日常生活中的用處

維持生命

個人及家居清潔

灌溉

游泳

 養成好習慣

節約用水

我們很幸運，只要打開水龍頭，水就會嘩啦嘩啦地流出來。但是，水是地球上很珍貴的資源，我們一定要節約用水，不要浪費啊！

字卡

請沿虛線剪出字卡。

玩法
❶ 把字卡全部排列出來，伴讀者讀出字詞，請孩子選出相應的字卡。
❷ 請孩子自行選出多張字卡，讀出字詞並口頭造句。

探望	客人	請坐
松鼠	飲料	烏鴉
紫色	牛奶	汽水
橙汁	葡萄	無色

幼兒全語文階梯故事系列
第2級（初階篇）

《你要喝什麼？》

©園丁文化

幼兒全語文階梯故事系列
第2級（初階篇）

《你要喝什麼？》

©園丁文化

幼兒全語文階梯故事系列
第2級（初階篇）

《你要喝什麼？》

©園丁文化

幼兒全語文階梯故事系列
第2級（初階篇）

《你要喝什麼？》

©園丁文化

幼兒全語文階梯故事系列
第2級（初階篇）

《你要喝什麼？》

©園丁文化

幼兒全語文階梯故事系列
第2級（初階篇）

《你要喝什麼？》

©園丁文化

幼兒全語文階梯故事系列
第2級（初階篇）

《你要喝什麼？》

©園丁文化

幼兒全語文階梯故事系列
第2級（初階篇）

《你要喝什麼？》

©園丁文化

幼兒全語文階梯故事系列
第2級（初階篇）

《你要喝什麼？》

©園丁文化

幼兒全語文階梯故事系列
第2級（初階篇）

《你要喝什麼？》

©園丁文化

幼兒全語文階梯故事系列
第2級（初階篇）

《你要喝什麼？》

©園丁文化

幼兒全語文階梯故事系列
第2級（初階篇）

《你要喝什麼？》

©園丁文化